* 이 책에는 저자 고유의 글맛을 살리기 위해 표기와 맞춤법에
  예외를 둔 부분이 있습니다.

오징어마요

　　"내가 좋아하는 게 뭐지?"

이 질문에 한참을 대답하지 못하고 멍하니 앉아있던 어느 밤이 있었다. 아기 둘을 돌보느라 제대로 씻지도, 천천히 밥을 먹기도 어려워 '나'를 떠올리는 게 사치인 시절이긴 했지만 단순히 그 때문만은 아니었다. 내가 좋아한다고 믿었던 것들은 온전한 나의 선택들이 아니었다는 자각이 밀려왔다. 대학, 전공, 직업, 결혼, 출산까지… 나의 지난 선택들이 몽땅 의심스러웠다. 사람들이 좋다고 하니까, 부모님이 기뻐하실 것 같아서, 이렇게 하면 신랑이랑 평화롭게 지낼 수 있을 것 같고, 이건 아이한테도 좋을테니, 다들 이렇게 사니까 등등. 사회와 타인에게 영향받지 않은 이건 진짜 내 온전한 선택이라고 자신하며 떠올릴 수 있는 것이 하나도 없었다. 갑자기 손발이 차가워져 살짝 열어둔 베란다 문을 닫았다. 베란다 밖 풍경이 유난히 깜깜한 밤이었다.

이것도 아니야. 저것도 아니야. 도대체 내가 진짜로 좋아하는 게 뭐야. 스스로에게 물어볼수록 질문은 파도가 되어 내가 여태껏 쌓아온 그럴듯해 보이는 모래성을 스르륵 스르륵, 끝내 와르르 무너뜨렸다. 어느 한구석이 고장 난 기분이었다. 이게 뜨거운지 차가운지를 못 느끼는 상태처럼 좋아하는 나만의 감각이 마비된 것 같았다. 블로그의 새 글 창을 열고 '내가 뭘 좋아하는지 모르겠다'라고 쓰고는 다음 문장을 이어가지 못하고 깜박이는 커서를 멍하니 바라보고만 있었다.

노트북 옆에 놓인 마른오징어와 마요네즈가 눈에 띄었다.

'내가 좋아하는 것? 그래, 나는 오징어를 좋아하잖아. 찍어먹을 마요네즈가 꼭 있어야 하고. 시원한 맥주까지 있으면 완벽하지!'

이가 난 이후로는 마른오징어를 하루에 한 마리를 먹었다 해도 과언이 아닐만큼 좋아했다. 이건 무엇도 섞이지 않은 오롯한 나의 취향, 나의 선택이구나. 내 것이라 생각했던 모든 것이 사라진 자리에 '오징어마요' 한 접시만 덩그러니 남아있었다.

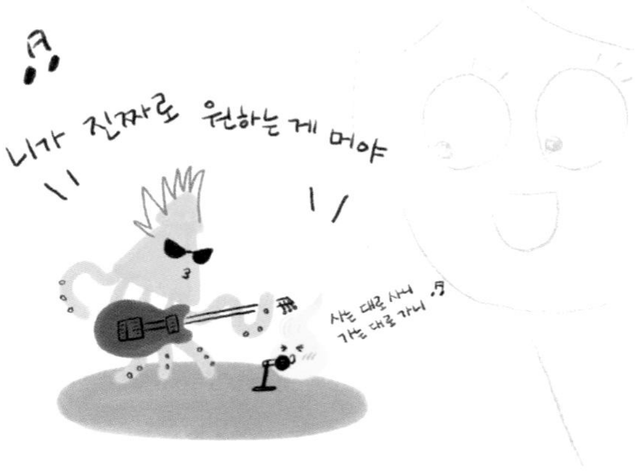
니가 진짜로 원하는 게 머야
사는 대로 사니
가는 대로 가니

블로그명: 오징어마요

나는 '오징어마요'를 좋아한다. 그리고 또 ....!

톡톡톡

목차

나
는

을
좋
아
해

간질간질

간질 간질

맥주

'오징어마요'의 짝꿍, 맥주를 사랑한다. 지난 여름엔 너무 자주 마셔서 매일 밤 맥주를 마시기 위해 하루를 사는 인간이 아닐까 싶을 정도였다. 건강검진을 앞두고 불룩 나온 술배를 바라보니 갑자기 뭔가 길티(guilty)해진 나는 나흘 넘게 맥주를 멀리하고 있는 중이다. 보고 싶은 듀맥을 생각하며 이 글을 쓴다. (듀맥, 내가 맥주를 부르는 애칭이다. 좋아하는 애인이나 아기를 부를 때 저절로 혀가 짧아지는 그런 현상이다.)

육퇴가 다가오는 저녁, 냉동실에 오늘 하루를 마무리할 맥주를 넣어둔다. 어휴, 벌써 씐나씐나. 냉동실에 30분 넣어둔 맥주를 얇은 유리잔에 따라 한 잔 들이켜면, 목구멍을 반짝반짝 찌르면서 위장까지 시원해지는 그 느낌! 이어서 나오는 트림 한 방이면 오늘의 답답함과 내일의 막막함은 단숨에 내 몸 밖으로 빠져나간다.

  '건강하게 오랫동안 좋아하는 일을 하고 싶다'라
고 생각하면서 마침내, 기어이, 그러므로 절주 또는
금주를 결심해보지만… 얼마못가 너무 쉽게 결심을
무너뜨리고 첫 잔을 따르며 생각한다. 맥주를 왜 이
렇게 좋아하는 걸까? 맥주의 무엇이 그리 좋단 말이
냐?

  "한 잔, 피가 술을 부르네."

  부모 탓부터 하고 보겠다. 아빠가 애주가이다.
아빠의 아빠도. 아빠를 많이 닮은 나는 술이 땡기는
피 또한 물려받은 것이다. 피는 물보다 진하고, 술은
물보다 맛있다.

  "두 잔, 사람들과 보내는 왁자지껄한 시간이 좋아."

  사람들을 만나는 것을 무척 좋아하지만, 반전은
낯을 꽤 가린다는 점이다. 이럴 때 맥주 한 잔은 조
금 더 나를 상대에게 내보일 수 있도록 긴장의 끈을
느슨하게 해준다. 적당히 느슨해지기에는 가벼운 맥
주가 제격이다. 술을 마신 나는 늘 즐겁다. (술 마시고 운 적 없음.) 술 마신 나는 기꺼이 당신의 개그맨이 되어줄 수 있다. 술 마신 나는 모두를 사랑하고 세상을 사랑한다. What a beautiful world!

"석 잔, 맥주는 술이 아니야."

이게 무슨 술주정인가 싶을 수도 있겠다. 맥주는 술이 아니다. 모든 음식의 친구다. 맥주의 베프는 당연히 '마른오징어와 마요네즈'다. 오뚜기 고소한 마요네즈 옆에 누워있는 꼬랑한 마른오징어. 어디 그뿐인가. 치킨에 맥주, 감자튀김에 맥주, 소시지에 맥주, 골뱅이무침에 맥주, 족발에 맥주, 피자에 맥주, 꼬치에 맥주, 곱창에 맥주, 땅콩에 맥주, 심지어 스콘에도 맥주, ○○○에 맥주는 대부분 잘 어울린다. 모임에서 빠지면 섭섭한 친구 같은 존재이다. 이 문장을 쓰고보니 맥주와 내가 닮았네. 왜 좋아하는지 더 선명해지는 순간이다.

"마지막 넉 잔, (맥주 500cc 네 잔이 내 평균 주량이다) 인생의 무거운 짐을 스르륵, 빈 잔과 함께 내려놓고 싶어라." 아이들을 재우고 이불에서 몰래 빠져나와 마시는 혼술은 완벽한 엄마이기 위해 고군분투한 하루를 마무리하는 일종의 의식이다. 이때 엄마의 혼술 주종이 소주면 인생 너무 심각해지고, 맥주가 적당하다. 잔뜩 힘이 들어간 어깨와 목이 맥주와 함께 말랑해지고, 멀티태스킹을 하기 위해 쉴 새 없이 가동하던 뇌를 둔하게 만들어서 모든 힘을 빼고 싶은 마음은 아닐까. 아이들에게 제일 좋은 것만 주고 싶어 하루 종일 나를 갈아 넣은 날의 밤이면 왠지 모르게 텅 빈 마음이 찾아온다. 그런 마음과 마주 앉아 텅 빈 유리잔에 다정하게 맥주 한 잔을 따라주며 말해주고 싶다. "수고했어, 오늘도."

　맥주에 기대 내가 가장 좋아한 것은 조금 허술한 나를 허락하는 시간이다. 나의 허술한 빈틈을 상대에게 용감히 내어 보이고, 숨기지 않고 조금 더 크게 웃고, 때론 울어도 되는 시간. 해야 할 일들을 생까고 누워버리는 시간. 육아서를 덮고 원래의 그냥 나로 돌아오는 시간.
　그래서 조금 취한 나의 모습을 좋아한다. 취해

있는 나를 포기할 수가 없는 것이다. 맨정신에는 넉넉한 품으로 사람들을 안고 싶고, 조금 취했을 때는 내 허술한 틈 사이사이로 누군가를 초대하고 싶어진다. 나의 빈틈을 그들에게 보여주고, 그 틈으로 그들이 들어오면 좋겠다. 맥주에게 러브레터를 쓰다보니 지금 당장 만나러 가고 싶다. 캬.

사랑스러움은 그 사람의
빈틈에서 나오는 법.

드루와   나의 빈틈으로

대중목욕탕

나에게 사람은 E와 I가 아니라 때를 미는 사람과 밀지 않는 사람으로 나뉜다. 적당히 아담한 크기에, 동네에서 제법 오래된, 시설은 조금 낡은 듯하지만 주인장의 정성으로 깨끗하게 관리된 정겹고 약간 촌스러운 이름의 목욕탕을 좋아한다. 요즘 제일 자주 가는 곳은 '스카이옥사우나'다.

고등학교를 졸업할 때까지, 일요일 오후 4시 즈음이면 아빠와 나, 여동생은 세정탕이라는 동네 목욕탕에 갔다. 사우나하고 낮잠도 자면서 2시간을 기다려준 아빠, 서로 등을 꼼꼼히 밀어주던 동생과 나, 정수리로 쏟아지던 차가운 물로 마무리하던 목욕, 집 대문을 열자마자 풍겨오던 엄마의 된장찌개 냄새. 마음부터 뜨끈하게 데워주는 목욕탕의 추억이다.

온탕보다는 '열탕파'다. 대중목욕탕 온탕은 나에게 조금 춥다. 열탕에 들어가면 너무 뜨겁고 시원해서 저절로 신음이 새어 나온다. 한 주간의 피로가 용

광로같이 뜨거운 물에 녹아내리는 거 같다. 저절로 눈꺼풀이 뒤집어지면서 눈알이 살짝 뒤로 돌아간다. 41도. 그렇지. 나를 가장 행복하게 해주는 물의 온도는 41도이다.

인내심이 있는 편은 아니라서 열탕을 좋아하면서도 금방 나와버린다. 땀은 탕이 아닌 사우나에서 내는 걸 선호한다. 사우나에서도 오래 버티지는 못하지만 나름의 사우나를 즐기는 방법이 있다. 사우나에 들어가면 바닥에 수건을 깔고 앉아 두 발을 조물조물 정성껏 주무르기 시작한다. 발가락 하나하나 사이를 찢어서 스트레칭시키고, 발등과 발바닥 구석구석을 열심히 지압한다. 종아리까지 양쪽을 다 주무르다 보면 생각보다 오래 사우나에서 버틸 수 있다. 줄줄 흐른 땀으로 개운해지는 것은 물론, 한 주간 열심히 뛰어다닌 나의 발이 실컷 호강하는 시간이기도 하다.

사우나 안에 아무도 없다면 알몸 체조를 하기도 한다. 스쿼도 하고 이완 동작을 하면서 척추뼈 하나씩 쌓아 올리기, 무너뜨리기 등을 하면서 혼자 쇼하며 논다. 땀도 더 잘 나고 시간도 더 잘 가고 몸도 구석구석이 더 잘 풀린다.

사우나 사이사이에 빠질 수 없는 것은 냉탕에서 노는 것이다. 나는 아주 뜨거운 물만큼이나 아주 차가운 물에 들어가는 것도 좋아한다. 사우나에서 갓 나와 냉탕 물 한 바가지를 몸에 부으며 몸서리를 쳐본다. 냉탕에 몸을 담그기 망설여지는 나 자신에게 대사를 한마디 던진다. '두렵니? 두렵다면 그 두려움 안으로 풍덩 빠져들어 가 볼래?' 천천히 한발씩 냉탕으로 들어간다. 숨을 크게 들이마시고 안으로 깊이 잠수해 버린다. 그 순간 얼음처럼 차가웠던 냉탕 물이 오히려 미지근하게 느껴진다. 조금씩 튀겨보았을 땐 참을 수 없이 차가웠지만 막상 그 안으로 빠져들어 가면 그리 차갑지 않다. 이내 아무렇지 않다. 이거지 나 자신아, 내 삶에서 두려움이 밀려올 때 냉탕에 뛰어든 이 순간을 기억거라. 갑자기 힘이 세진 느낌이다. 정수리에 찬물을 때려 박으며 양손을 허

리에 얹고 더 위풍당당하게 서 있어 본다. 무엇이든
할 수 있을 것 같은 용기가 샘솟는다.

　　그 날의 컨디션에 따라 직접 때를 밀기도 하고
세신을 받기도 한다. 세신을 즐기는 법은 오직 '힘빼
기'에 목적을 둬보는 것이다. 누가 내 알몸을 심지어
민망한 구석까지 만지며 때를 벗기고 있어도 슬라임
처럼 편안하게 모든 힘을 빼고 의식하지 않으리, 타
인을 믿고 모든 것을 맡기겠다는 생각을 여러 번 반
복하며 힘 빼기, 더 힘 빼기, 더 힘 빼기를 연습해보
며 즐긴다. 힘 빼는 데 성공하면 입에서 침이 주르륵
흘러나온다. 때를 다 민 후 매끈한 피부로 사우나와
냉탕에서 조금 더 놀면 한꺼풀 더 벗겨진 내가 열기
와 냉기를 선명하게 만난다. '어흐….' 지하 100층짜
리 저음의 탄성이 절로 나온다.
　　목욕이 끝나고 나오면 옷을 바로 입지 않고 꽤

돌아다녀야 한다. 온몸이 보송보송 마르도록. 로션을 바르지 않아도 얼굴에서 광이 난다. 여전히 붉은 뺨에는 아직 탕 안의 온기가 머물러 있는 듯하다. 팬티만 걸친 채 수건을 들고 거울 앞으로 가서 선풍기 하나를 차지해 약풍으로 튼다. 공용 도깨비 빗으로 젖은 머리를 슥슥 빗고 미풍을 맞으며 면봉으로 귀를 파는 순간 귀르가슴에 도달한다. 이 순간을 위해 목욕탕에 온 걸지도 몰라! 삼각모양 커피우유를 빨대로 쪽쪽 빨아 마시며 나무 마루 위에 앉아 옷을 입는다.

그렇게 나는 다시 태어난다. 일요일의 스카이옥 사우나에서. 지난주의 묵은 것들을 모두 벗겨 버리고, 그렇게 또 새날을 살아갈 새몸으로 깨끗하게 다시 태어나는 것이다.

당신이 새로 태어나는 순간은
언제인가요?

ㄷㄱㄹ

　오랜만에 동생이 집에 놀러 왔다. 막 모임을 하고 오는 길이라며 손에는 커다란 비전 보드를 하나 들고 있었다. 아티스트들이 모여서 자신의 꿈에 관해 이야기하고 이미지를 보드에 붙여보는 시간을 가진 모양이다. 미대 나온 동생은 순수예술 작가다. 일전에, 문화행사장에서 만난 적 있는 욕 대행 '투덜그라피' 작가가 운영하는 모임이란다. 모임 이름은 '아가리 드리머'라고 했다.

　"푸하하하하… 그럼 난 대가리 일러스트레이터야."

　어느 날 온라인에서 이런 글을 보았다. 맨날 대가리만 그리면서 본인을 일러스트레이터라고 하니 어쩌고저쩌고. 글 전체 내용은 '말만 하고 행동하지

않는 것에 대한 내용'이었지만 내가 꽂힌 것은 '대가리'라는 글자였다. 내가 그리는 그림은 대부분 '누군가의 얼굴'이다. '대가리' 아래로만 펜이 내려가면 자신감이 급속도로 하락했던 내 마음을 들킨 것 같았다. 심지어 요즘은 대가리도 안 그리고 노가리만 까고 있는 시간이 길어서 그런지 더 얼굴이 후끈 달아올랐다.

나도 뭐든지 잘 그리고 싶다. 자연스러운 사람의 전신과 배경이 꽉 차는 그림. 그리는 것을 방해하는 마음의 범인은 바로 잘 그리고 싶은 마음, 이놈이었다. 그림을 통해 나의 이야기를 전하고 사람들과 연결되고 싶었을 뿐인데, 그림 세계에 들어가 보니 내 눈에 너무나 잘 그린 그림들이 넘쳐났다. 남의 그림을 보러 다닐수록 아이러니하게도 내가 그리는 시간은 줄어들고, '그리는 것은 내가 원하는 것이 아니구나'로까지 도망갔다. 한동안 아무것도 그리지 못했다.

학창시절, 순수하게 즐거움에 빠졌던 유일한 일은 내가 좋아하는 상대의 얼굴을 그리는 것이었다. 친구들도 자기 얼굴을 그려주는 것을 좋아했다. 선생님 얼굴을 우스꽝스럽게 그린 쪽지를 몰래 돌려보며 큭큭 대는 것도 여학생들의 귀여운 딴짓이었다.

얼굴에서 가장 사랑스러운 포인트를 살려 그려주고 그 사람이 좋아하는 모습을 보는 것. 또는 "○○구나!" 바로 알만큼 그 사람만의 특징을 짓궂게 집어내어 등짝을 한 대 맞더라도 함께 웃는 순간. 내 얼굴에 손예진도 있고 정준하도 있음을 캐치하는 '센쓰!'와 그 모습 모두 받아들이고 같이 맞장구치는 순간들이 그림을 그리면서 사랑하는 부분이었다.

그리고 싶은 마음과 용기가 다시 생겼다. 당시에 활동하고 있던 언니공동체(〈엄마의 20년〉을 쓴 오소희 작가가 주축이 된 네이버 카페 공동체. '나'를 먼저 키우고, 그 힘으로 '우리'를 키우는 여성들의 모임)의 온라인 마켓에서 사람들의 SNS용 프로필 사진을 그려주는 상품을 판매해 주문을 받았다. 반년 동안 50명 정도의 얼굴을 그리면서 여자로서 엄마로서 아내로서 딸로서 치열하게 살아온 아름다운 이들을 만났다. 그녀들의 이야기가 궁금했다. 내가 느끼는 그 사람의 느낌과 사랑의 에너지를 그림에 담기 위해 호기심을 가지고 관찰했다. 춤추는 언니를 그릴 때는 그리는 중간중간 일어나 춤을 추었고, 피아노 연주하는 언니를 그릴 때는 그 언니의 연주를 내내 들으며 그렸다. 글을 쓰는 언니를 그릴 때는 그녀의 글을 하나도 빠짐없이 찾아 읽었다. 30분이면 그릴 그림 한 장에 하루가 꼬박 걸리기도 하고, 어떤 작업은 며칠이 걸리기도 했다. 얼굴만 그렸을 뿐인데 그 과정에서 한 사람의 역사를 느낄 수 있었다. 더 선명해지는 것은 내가 무엇을 좋아하는지였다. 나는 사람을 좋아한다. 그리고 그 사람이 웃는 모습을 보는 순간을 사랑한다. 그림을 통해 만나는 사람들은 나에게 영감을 팍팍 주었다. 자세히 보면 아름답지 않은 사람은 하나도 없다는 말은 사실이었다. 모두가 아름다웠다. 그림을 그리고 있는 순간의 나 또한 아름다웠다.

　잘 그린다는 것은 어떤 기준일까? 내가 표현하고 싶은 이야기가 그림을 보는 사람에게도 전달돼 서로 연결된다고 느끼는 것은 아닐까? 그렇다면 나에게도 잘 그렸다고 말할 수 있는 그림이 많네? 물론 지금도 더 잘, 진짜 '잘' 그리고 싶다. 방법은 많이 그리는 것밖에는 없다는 것도 알고. 한때 크로키 강의도 등록해 보았지만 나란 놈은 그 강의를 듣지 않더라. 미술 학원도 종종 나가지만 배경을 그릴 땐 즐거움보단 지루한 마음이 더 컸다. 어느 풍경에서든 내가 집중하는 건 실은 그곳에 있는 사람이기 때문일지도 모른다.

"나는 너를 그리는걸, 아니 사실은… 너를 좋아해."

이왕 이렇게 된 거, 대가리 전문가가 되면 어떨까? 자꾸 대가리라고 하니 지난 나의 모델들에게 송구스럽지만 이런 우아하지 못하고 조금 거친 표현 또한 내 취향인 것을 어찌합니까.

프로필 그리기 작업도 처음보다 업그레이드해야 하지 않을까 하는 고민에 그리기를 멈춘 채 또 한참이 흘렀다. '더 잘해야 한다.' 요놈이 또 대가리를 들이민 것이다. 잠자코 있으라고 꿀밤 하나 맥인다. 대가리, 아니 아름다운 사람들의 얼굴 그리기를 다시 시작해야겠다. '대가리 일러스트레이터'가 될 거다. 대가리 계는 내가 접수하게쓰!

실은 내가 좋아하는 건,

너야.

타투

주택을 개조한 세련된 가게 안에는 제목은 모르지만 왠지 멋짐 뿜뿜인 음악이 흘러나오고 있었다. 현관에는 시베리안허스키 두 마리가 여유롭게 누워 있었고, 힙하고 시크한 타투이스트 언니 둘 앞에는 내가 누워있었다. 전화 벨이 울리고 딸아이의 이름이 떴다. 잠시 고민하다 통화 버튼을 눌렀다.

"엄마아아아아⋯."

아이의 큰 울음 소리가 전화기 밖까지 울려 퍼졌다. 아이는 울먹이는 소리로 자신에게 일어난 인생 최고의 시련을 설명하기 시작했다. 아이가 처음으로 꽤 거리가 있는 태권도장에서 영어학원까지 혼자 걸어가는 날이었다. 엄마에게'아주 중요한 일'이 있으니 혼자 가보라고 한 것이다. 긴장해서 다급하게 뛰어가다 배낭끈이 풀어진 데다 한 손엔 도장에서 받은 풍선을 들고 있어 오도 가도 못하고 길 한복판에서 울고 있는 모양이었다. 무척이나 당황했지만 힙하고 시크한 언니들 앞에서 왠지 쿨해 보이고 싶었다. 최대한 차분한 목소리로 말했다.

"음~ 그렇구나~. 끈을 천천히 다시 끼워볼래?"

"(울면서 떨리는 목소리로) 어…내 손에…흑흑…풍선이…하고 있어…흐어어엉….” (점점 더 격해짐)

"응~괜찮아~" (여전히 차분)

"근데…흑흑…엄마 지금 어디야?" (여전히 흐느끼며)

"응, 엄마? 엄마 지금 타투하고 있지~"(여전히 차분하게)

'엄마', '타투' 그리고 '끝까지 우아하려 애쓰는 내 목소리'의 삼합 공격에 그 자리에 있던 나와 줄곧 무표정을 유지하고 있던 타투이스트 언니 둘은 동시에 풍선 터지듯 빵 터져버렸다. 그나저나 어머니, 우는 애는 안 보고 타투를 하고 있는 사연이 있으시냐고 물으신다면….

마흔 살 초여름, 드디어 타투를 했다. 동그라미 셋, 오징어, 콜라, 모양의 귀여운 타투를 세 군데 새겼다. '드디어'라고 쓴 것은 타투를 하고 싶은 마음이 아주 예전부터 있었기 때문이다. 하고 싶었지만 다른 사람의 시선을 의식해 실행하지 못하고 있었다. "살찐 사람이 하면 타투가 아니고 문신이야." 남편의 한 술 더 뜬 한마디는 타투샵으로 향하려던 나의 발목을 꽉 잡고 놓아주지 않았다.

　　사십춘기의 열기가 뜨겁던 그 해에 나는 나에게 많은 것을 허용했다. 핑크색으로 머리를 염색한 지 얼마되지 않았기에 무서운 것이 없었다. 타투 그까짓 게 뭐라고. 나를 옭아매는 것들에게 '꺼져' 한마디를 외치고 타투든 문신이든 해버리고 말아야겠다 다짐했다. 누구는 그랬다. "나중에 후회하면 어떡해?" 후회 따윈 두렵지 않았다. 내가 나로 살아가기 위해 뜨겁게 보낸 마흔 언저리의 이야기들을 기억하고 새기고 싶었다. 나중에, 아주 나중에, 타투를 보며 미소 짓는 나를 떠올렸다. 그 시절의 나를 마음껏 귀여워도 하고, 조금 안쓰러워도 할 것이다.

　　오른쪽 손목에는 동그라미 세 개를 새겼다. 글을 쓰거나 그림을 그릴 때 쓰려고 만든 내 필명(ㅇㅇㅇ)이자 우리 세 딸을 뜻한다. 쓰고 그리는 일 그리고 그 영감과 동력이 되어주는 나의 아이들을 자주 떠올리고 싶어 가장 많이 사용하는 오른쪽 손목에 새겼다.

　　오징어와 콜라는 두 발등 위에 모셨다. 오징어는 나이고 콜라는 신랑이다. 발등 위에 그려진 나(오징어)와 신랑(콜라)이 인생에서 만나는 오르막길과 꽃길을 함께 뚜벅뚜벅 걸어가자는 다짐을 새기고 싶었다. 미워도 다시 한번, 걸을 때마다 발을 보며 그와 가장 좋은 친구가 되길 바라는 마음을 떠올리며 미워도 다시 한번… 미워도 다시 한번….

　　오랜 시간 내 발을 미워했다. 예쁜 신발들은 죄다 맞지 않는 넓적하고 큰 발. 엄마는 아빠 닮은 발이 얼마나 못났는지 수시로 구박했고 발은 내 콤플렉스가 되었다. 어느 날 산책길에 내려다본 내 두 발이 그렇게 듬직하고 든든할 수가 없었다. 넓적하고 튼튼하여 안정감 있게 나를 받쳐주는 내 두 발. 전보다 자주 발을 주무르며 이야기했다. "넌 참 믿음직해." 그런 두 발에 오징어와 콜라 타투를 새기니 더 자주 내려다보게 된다. 남들 앞에서 숨기기 바빴던 내 못난 발을 이제는 자기 소개할 때 제일 먼저 내민다. 짜잔!

타투를 하고 오자마자 콜라가 새겨진 발을 대뜸 남편 얼굴에 내밀었다. 콧구멍이 벌렁거린다. 아이들은 내 오른팔에 대롱대롱 매달려 자기 얼굴을 찾느라 서로 머리를 밀며 즐거워한다. 시가에서 설거지하려고 손을 살짝 걷었는데 어머님의 눈동자가 흔들린다. 그간 딸내미의 늦은 질풍노도를 지켜본 친정부모님은 한마디 짧게 하신다. "타투했구나…. 요즘 많이 하더라. 쩜쩜쩜." 왠지 모르게 웃음이 실실 새어 나왔다. 이 나이에, 애 엄마가, 이 덩치에… 누가 어떻게 생각할까가 나에게 이제 전만큼 중요하지 않다. 내가 하고 싶은 것을 하는 것은 나의 자유, 남들이 그것에 대해 느끼고 판단하는 바는 그들의 자유니까. 나는 한결 더 자유로워졌다.

모든 순간의 나를 사랑해.

부끄러웠던
나의 모습

늦잠

엄마가 제일 늦게 일어나는 집이 있다. 우리 집 이야기다. 눈을 뜨니 남편은 회사 가고 없고, 애들도 학교 가고 없는 집이 있다. 우리 집, 내 이야기다. 늦잠이 뭐 대단한 거라고 글까지 쓰고 난리냐. '엄마'라는 말이 붙으면 서글프게도 특별한 글감이 되기도 한다. 나는 늦잠 자는 엄마다.

늦잠을 사랑한다. 태생적 올빼미인 나는 마흔이 넘은 지금도 새벽 5시까지 자지 않고 버티는 것은 할 수 있지만, 새벽 5시에 일어나는 것은 전날에 몇 시에 잠자리에 들든 쉽지 않은 일이다.

이불에서 나오지 않고 여유롭게 실컷 잘 수 있는 '늦잠'이야말로 확실한 휴식이자, 행복이라 생각한다. 최소 몇 시에는 일어나야 한다는 제한이 없다면 더더욱, 더 이상 누워있다가는 허리가 아파서 못 견딜 만큼 잠 뿌리를 뽑아버리는 그런 늦잠. 하, 생각만 해도 달콤하다.

이렇게 좋아하는 늦잠을 자는 것이 어려워진 것

이렇게 좋아하는 늦잠을 자는 것이 어려워진 것은 예상했겠지만 엄마가 된 이후부터였다. 아기가 태어난 후로는 아기가 눈뜨는 시간이 기상 시간이 되어야 했고, 서너 살이 되니 놀자고 엄마를 자게 두지 않았음은 물론 안전상의 문제 때문이라도 아이가 일어나면 같이 벌떡 일어나야 했다. (게다가 우리 첫째는 아침형 인간 아기였다.) 기관에 다니기 시작하면서 등원, 등교 시간을 맞추기 위해 아침에 일찍 일어나는 것은 피할 수 없는 일이 되었다. 내 학교는 늦어서 손바닥 맞으면 되고, 내 직장은 늦어서 페널티 받으면 되지만 내 늦잠 때문에 아이에게 피해를 줄 수 없었기에 내 생애 가장 부지런한 아침을 보냈다.

막둥이가 돌이 지난 즈음, 나는 사랑하는 늦잠을 쟁취했다. 자아가 깨어난 것인지, 사십춘기가 온 것인지, 번아웃이 온 것인지, 엄마의 역할에 대해서도 고

민이 깊던 그 시절 '좋은 엄마'라면 해야한다고 믿었던 일들을 내려놓는 나름의 '실험'을 해보고 있었다. 그것은 나에게 너무나도 소중한 가족 안에서 나의 필요가 사라지는 두려움을 직면하는 일이었다. 나의 쓸모가 사라진다면 나의 존재의 이유는 무엇일까? 나의 존재 이유가 다만 쓸모인가? 쓸모는 누가 규정하는 것인가? 꼬리에 꼬리를 무는 질문에 직접 부딪히며 답을 찾기로 했다. 실험 시작! (실험주제: 엄마가 없으면 어디까지 집안이 돌아가지 않는가. 심화주제: 존재의 '쓸모'를 증명하는 것에 대하여)

시작은 주말 아침이었다. 모든 긴장을 풀고 늦잠을 실컷 자고 일어나면 아이들과 남편은 쫄쫄 굶으며 나를 기다리고 있었다. 10시가 넘어서 아점 같은 아침을 후다닥 차려주었지만 당당한 나의 기세에 일찍 일어나라는 핀잔을 주는 이는 감히 아무도 없었다. 6~7시에는 일어나서 배가 고플 아이들의 아침을 차려주어야 한다는 의무감이 내가 실컷 자는 것을 방해하자, '요알못' 남편에게 토스트 만드는 법을 가르쳤다. 그다음은 달걀볶음밥, 그다음은 떡국 등등. 이제 주말 아침 식사와 육아는 온전히 남편의 담당이다. 나는 그 시간에 대부분 자고 있다. (아, 떠올리기만 해도 지금 행복하다.)

주말 늦잠 습관은 주중으로까지 이어졌다. 일종의 '실험' 중이었기 때문에 더 과감히 시도할 수 있었다. 당시 10살이었던 첫째에게 달걀 스크램블 요리를 가르쳤다. 내가 일어나지 않는 날은 첫째가 조용히 달걀 스크램블을 해서 둘째까지 먹이고 등교를 했다. 항상 내가 가방을 챙겨주던 아이였는데 몇 달 사이에 혼자 가방을 챙기는 것부터, 등교 준비, 아침 요리까지 하는 아이로 성장했다. 엄마가 타투하던 날부터 혼자 씩씩하게 어디든 잘 다니더니 엄마의 늦잠으로 더 많은 것을 스스로 하게 된 것이다.

엄마의 빈틈이 남편과 아이들을 자라게 했다. 그들은 내 염려보다 훨씬 더 잘했다. 내가 그 자리를 내어주지 않았던 것일 뿐. 어설픈 뒤처리를 보고 있으면 '차라리 내가 하고 말지'라는 마음이 수시로 올라

왔지만 그들이 하도록 내버려 두고 기다렸다. 때때로 발생하는 갈등과 나를 향한 비난도 물러설 수 없다는 마음으로(실험 중이었으므로) 견뎌냈다. '사는 데 큰 지장'이 없었다. 게다가 내가 자는 동안 자기들이 스스로 한 일들에 대해 남편과 아이들이 느끼는 뿌듯함과 자부심이 말도 못 하게 컸다. 내가 쿨쿨 자는 동안 그들은 쑥쑥 크고 있었다.

　　나는 언제든 원할 때 늦잠을 잘 수 있는 자유를 얻었다. 내가 생각했던 좋은 엄마의 역할을 모두 해내지 않아도 괜찮다는 것을 체험으로 깨달았다. 실험 기간 때처럼 자주 늦잠을 자지는 않지만 요즘도 최소 일주일에 한두 번은 실컷 늦잠을 잔다. 피곤하거나 아픈 날, 엄마는 더 잘테니 달걀 스크램블 먹고 학교 가라고 첫째에게 말할 수 있게 되었다. 네 살 막둥이는 옆에서 자다 눈을 뜨면 엄마를 깨우기는커녕 너무나 자연스럽게 조용히 나가며 방문을 살짝 닫아준다. 아이들이 소리를 크게 내면 "엄마 깬다, 조용히 해!"라고 말하는 남편의 목소리가 잠결에 들려온다. 늦잠을 자면서 그의 사랑과 배려를 느낀다. 무엇보다도 아이들이 내가 누워있는 것을 자연스럽게 여기기 시작했다는 것이다. 나만 종종거리고 모두가 편안한 휴일을 보내던 예전에는 상상할 수 없는 풍경이다. 아침형 인간 최 씨들이 자기들끼리 늦잠꾸러기 엄마를 흉보며 즐거운 시간을 보내는 동안 나는 쿨쿨 잘도 잔다.

　　죄책감 없이 늦잠을 자게 된 엄마는 '해야한다'고 여겼던 여러 일들을 하나씩 내려놓을 수 있었다. 내가 없어도 잘 돌아가는 집안을 만든다면 지금보다 더 자유로워질 것이다. 좋아하는 일에 더 많은 에너지를 쓸 수 있겠지. 남편은 '큰아들'이 아닌 진정한 '동반자'로, 아이들은 자립한 '어른'으로 자랄 것이다. 내가 다, 큰 뜻이 있어서 아침에 늦게까지 자는 거다, 최 씨 놈들아!

좋은 엄마 대신, 그냥 엄마,
그냥 나!
당신의 '역할'을 조금만 내려놓아 보아요.

혼자 놀기

연희동의 겨울밤 공기를 가르며 근처 LP 바로 향했다. 영화 〈헤어질 결심〉을 2회차 관람한 후 '바에서 혼자 술 마시길 결심'한 날이었다. 조금 무섭기도 하고, 누군가의 시선을 의식해 창피한 마음을 코트 주머니 속으로 구겨 넣고 노래가 흘러나오는 지하 계단으로 내려갔다.

"마른오징어 하나랑 블랑 1664 한 병 주세요." 신청곡을 적는 쪽지에는 정훈희의 『안개』를 적어냈다. 신청한 음악이 공간 가득 흘러나오고, 미리 챙겨 나온 〈헤어질 결심〉 각본집을 한 장 한 장 읽어 내려가며 다시 영화 속으로 빠져들어 갔다. "사라짐으로써 영원해진 서래"라고 인스타그램에 끄적이고는 오징어 한 입을 다시 뜯으며 눈물을 글썽였다. 적당히 질깃하면서도 부드러운 완벽한 식감의 오징어였다.

오징어를 씹으며 눈가가 촉촉해진 그 밤의 나를 떠올리면 마른오징어 구워지듯 손발이 오그라들면서도 자꾸만 얼굴이 싱긋거린다. 애 셋 엄마의 혼자만의 밤마실이라니. 그것도 바에서 혼술까지. 친구와 함께 영화를 봤다면, 바의 옆자리에 누군가가 앉아있었다면 더 좋았을까? 그것도 나쁘지 않지만 그날 영화관 1인석과 바 자리는 아쉬운 것 하나 없이 완벽했다.

혼자 노는 시간을 좋아한다. 내 인생의 방향과 다음 웹툰 주제를 치열하게 고민하고 있던 2019년의 어느 날, '오징어마요'의 각성과 함께 내 안의 무언가가 깨어났다. 뭐가 깨어났는지 살펴봐야 했다. 아이, 학원, 시댁, 연예인… 남 이야기하는 모임에는 앉아 있고 싶지 않았다. 남보다 내가 궁금했다. 혼자만의 시간이 필요했던 것이다.

거의 매일 하루 두 개 이상 약속이 있던 40년 외향형(MBTI E) 인간은 자발적 외톨이를 선언하고 혼자되기 위한 노력을 필사적으로 했다. 혼자 노는 시간을 확보하기 위해서 필요한 노력은 크게 두 가지였다. 만나자고 안 하기, 만나자는 말 거절하기.

만나자고 안 하기는 '외로움을 견디기'라 말하고 싶다. 더 나아가서 내 경우엔 '두려움을 마주 보기'였다. 스스로를 '해피바이러스'라 부르던 나는 너무 많은 자리에서 해피 바이러스를 뿌리고 집에 돌아와서는 개피…곤하여 쓰러져 잠들곤 했다. 어두운 것들은 나의 일부에 포함시킬 수 없어서 피하거나 못 본 척하거나 금세 잊어버리는 삶이었다. 밝은 것만이 긍정이라 믿었다. 혼자 있는 시간은 그동안 친구들과 깔깔대느라 외면하고 어딘가 깊은 곳에 묻어 둔 나의 어둠을 만난 시간이었다. 밝음과 어둠, 희로애락을 모두 수용하는 것이 진정한 '긍정'이라는 것을 배웠다.

만나자는 말을 거절하는 것에는 연습이 필요했다. 혼자만의 시간을 갖고 싶은데 만나자는 연락이 오면 거절의 말을 주저주저하는 나에게 이렇게 말했다. '짐작하지 말자.'내가 거절하면 그가 서운해할 것이라는 것은 나의 짐작일 뿐이다. '상대방을 신뢰하자.' 그는 내 거절을 이해할 수 있는 사람이다. 자꾸 만나자는 사람에게 미안한 마음이 들 땐 이 말을 떠올리며 정신을 차렸다. '나를 좋아하는 게 아니라, 그냥 심심한 거다.' 내가 아니어도 또 누군가를 금세 찾아간다. 그에게 내가 꼭 필요하다는 착각을 버렸다. 지금 나에게 중요한 것을 지켜야 한다. '인정하자. 나의 한계를.' 나의 에너지와 체력은 내 바람만큼 높지 않고, 내 마음은 생각보다 넓지 않다. 그리고 무엇보다, 나에게 다정하자. '상대방에게 미안해 할래, 나 자신한테 미안해 할래?' 그리 어렵지 않은 선택이었다. (헥헥… 그냥 다른 약속(나와의 약속)있다고 하면 될 것을….)

　이토록 소심한 외향인은 혼자 노는 시간을 아끼고 아끼며, 더 사랑하게 되었다. 시간만 나면 나와 놀고 싶어 안달이 났다. 한 시간이라도 여유가 생기면 약속을 잡기보다는 나와의 데이트에 시간을 쓰는 것에 자연스러워졌다. 혼자 산책하고, 맨발로 산에 오르고, 전시회를 가고, 영화를 보고, 공연을 보고, 골목을 모험하고, 서점에 가고, 목욕탕에 갔다. 가끔은 더 길게 시간을 마련해 기차를 타고 정동진 바다를 보고 오고, 호텔을 1박 예약해 빈 침대에서 방방 뛰어도 보고, 춤도 추고, 실컷 뒹굴며 다음날 늦잠을 자고 일어나 혼자 수영장에 가서 놀았다. 혼자 노는 기술은 점점 늘고 방법은 다양해졌다. 관계지향적이고 타인을 향한 안테나가 늘 곤두서 있던 나는 의식적으로 바깥으로 향하던 센서를 내 안으로 바꾸고 나와 함께 다정한 시간을 보냈다. 세심하게 돌봐야 할 사람은 오직 나 하나뿐이었다.

혼자 보낸 시간의 힘으로 나와 맞는 사람들을 찾아 다시 관계를 쌓아갈 수 있었다. 혼자 있어도 충분히 즐거운 사람은 타인과도 기꺼이 나눌 만큼 많은 것을 지니게 되니까. 나의 색을 의식하고 감각할 수 있는 힘이 조금 더 길러지니 무리(group) 속에서도 무리(無理)하지 않을 수 있었다. 내가 무리하지 않아야 뒤돌아서서 다른 사람을 원망하는 일이 적어지고 진심으로 타인에게 친절한 마음을 낼 수 있다는 것을 알았다.

혼자 노는 시간 동안 끝내주게 좋은 순간을 발견하면 나누고 싶은 누군가가 떠오른다. 다음 주엔 그녀와 맨발로 산에 가보자고 제안해 봐야지. 그렇게 '혼자'는 느슨하고 깊은 '함께'를 향해 나아간다.

함께 더 행복하고 싶어서
오늘도 혼자 논다. ㅇ9

요가

요가를 좋아한다고 쓰고 싶다. 요가를 참 못하지만 말이다. 요가를 좋아한다고 쓰고 싶다. 겨우 2개월 차이지만 말이다. 요가를 좋아한다고 쓰고 싶다. 요가 수업에 절반밖에 출석하지 못했지만 말이다. 이제 겨우 요가의 이응도 알까 말까 하는 초보이지만 요가를 좋아하는 마음을 신중하지 않게, 요란스럽게, 호들갑을 떨며 떠들고 싶다.

지난 봄, 내 안에 분명하고 나즈막한 목소리가 들려왔다.

"ㅇㅇㅇ아, 이제 요가를 할 때가 되었구나."

요가? 내가? 요가는 나와는 거리가 먼 운동이었다. 나에게 계단 100층 오르기는 쉬워도 조용히, 가만히 있기는 가장 어려운 일이다. 신이 깜박 잊고 나를 만들 때 넣어주시지 않은 것이 있다면 신체의 유연성일 것이다. 유연한 자세로 가만히 있기. 요가는 내가 가장 못 하는 두 가지의 합체다. 20대 때 잠깐 배운 요가의 기억은 그저 '단체 기합' 받는 시간이었다. 낑낑대며 반 전체에서 나 혼자 수그러지지 않는 머리를 아무리 다리 사이로 구겨 넣어 보아도 자꾸 선생님과 눈이 마주치는 민망한 순간만 기억에 남는다. 효리 언니가 아무리 멋지고 예뻐 보여도, 나랑 요가는 아니데이.

"잘 하지 않아도 돼."라는 말을 믿지 않았다. 엄마는 두 딸 중 잘난 딸에게만 눈길을 주었고, 아빠의 편지에는 늘 '주마가편(走馬加鞭)' 네 글자가 쓰여 있었다. 늘 잘해야 했고, 더 잘해야 했다. 달리는 나에게 채찍질을 하며 살아오다 빛나는 내 모습 뒤에 숨어있던 그림자를 만난 시기가 있었다. 그때 울면서 나에게 약속했다. 이제 어떤 모습의 나라도 품어 줄 거라고. 못하는 나도, 모자란 나도 모두 내가 안고 가겠다고. 그래, 그러니까 지금이 요가를 시작하기 딱 좋은 때이다. 잘하지 않아도 되고, 이기지 않아도 되고, 비교하지도 말고. 그저 내 몸 구석구석을 느껴보고 싶다는 마음. 그 마음을 잡은 순간, 요가를 두려워하는 마음이 스르륵 힘을 잃었다. 어디 한번 신나게 못 해볼까나?

나와 맞는 스승님을 찾아 근처의 요가원과 아파트 내 GX를 헤매다 잠깐 좌절하기도 했다. 내가 원하는 속도와 다르거나 동작의 완성이 중심이 되어 여전히 '따라가기 벅참'을 느껴야 했기 때문이다. 그러던 중 〈뜨리니 요가〉의 '명상처럼 요가하기'라는 원격 수업을 만나게 되었다. 요가의 동작에만 집중된 주변의 많은 수업과 달리, 전체의 요가 맥락을 이해하고 명상할 수 있는 내용이라 얼마나 반가웠던지. 그날부터 올빼미의 새벽 요가 도전이 시작되었다.

5시 반 잠든 아이들 속을 빠져나와 따뜻한 물과 미지근한 물을 반반 섞은 물을 천천히 한잔 마신다. 나무에 향을 피우고, 조금 산만하지만 가장 공간이 넓은 장난감 방에 매트를 펴고 화장실에 다녀온 후 수업에 참여한다. 선생님의 속도와 안내가 딱 좋다. 동작이 틀렸나 맞았나라는 생각이 순간 올라올 때, 귀신같이 알아챈 듯 이야기해 준다.

"지금 전혀 모자람이 없어요."

모자람이 없대. 내 안에 모지리가 좋다고 헬렐레했다. 선생님의 안내에 따라 코와 입뿐 아니라 온몸으로 숨을 쉬어본다. 매쉬 원단이 된 것처럼 피부로 숨이 드나드는 듯하다. 머무른 동작에서도 호흡을 따라 미세한 긴장과 이완을 느껴본다. 두 발로 똑바로 서서 바닥에 뿌리내리는 것을 상상하는 순간은 내 자신이 이 세계에 단단히 존재하고 있다고 느껴지며 안정감이 차오른다.

힘을 주어서 동작을 만드는 것이 아니라 호흡을 따라 동작이 만들어지도록 내버려 두는 것이란 걸 배웠다. 그동안 힘을 줄 줄만 알았지 뺄 줄 몰랐던 나의 인생이 스쳐 간다. 각 동작이 끝날 때마다 가만히 눈을 감고 몸 안에 흐르는 에너지의 변화를 살펴보는 시간도 참 좋다. 삶에서도 이처럼 머무르고 느껴보는 시간이 필요한데 말이다.

가장 자신 있는 자세는 사바아사나. 내 몸이 땅속으로 들어가는 상상을 하며 완전히 내맡기고 이완해본다. 여전히 어깨에 긴장이 잘 빠지지 않는 것을 알아차린다. 고개를 도리도리, 어깨를 살짝 털어보아도 마지막까지 힘이 들어가 있다. 중력을 거스르고, 호흡을 거스르는 일상의 수많은 시간을 떠올려본다. 몸에도 일상에도 어디에 힘을 줘야 하는지 어디에 힘을 빼야 하는지 몰라서 당황하는 나를 만난다. 이런 느낌을 만날 수 있다는 자체가 벅차다. 마지막, 명상 시간 후 손바닥을 비벼 데운 손으로 온몸을 쓰다듬을 때는 어김없이 눈물이 날 것 같다.

오늘도 화면 속 선생님은 채소만 먹어 기름기, 붓기가 쪽 빠진 예쁜 몸과 얼굴로 시범을 보인다. 제육볶음 실컷 먹고 볼록 나온 배를 선생님처럼 접어보려 낑낑대는 내가 화면에 보이는 순간 현타(라고 쓰고 수치심이라고 읽다)가 밀려오기도 하지만 다시 시선을 나에게 돌려 나를 똑바로 보고, 아픈 마음을 외면하지 않고 몸의 감각에 집중한다. 마음의 유연성이 1mm씩 늘어나고 있다. 더 잘하고 싶은 마음은 어김없이 불쑥 끼어든다. 선생님처럼 등에 잔근육도

생기고, '지플립'처럼 내 몸이 납작하게 접히는 날도 꿈꿔본다. 무엇보다도 내 삶에서 힘을 줄 곳과 뺄 곳에 대한 감각도 같이 성장하길 꿈꿔본다.

　못하는 것을 꾸준히 할 수 있을까? 자신은 없지만 요즘은 새벽의 요가 시간을 좋아한다. 가장 못 하던 것을 좋아하게 되는 마음이 신기하고 좋기 때문이다. 잘해야만 한다는 마음은 붕괴되기 시작했다.

　마침내.

못하지만 좋아하는게 있나요?

A컵에 노브라

엄마는 내 외모를 마음에 들어 했다. 칭찬도 비난도 거침없고, 딸이라고 무조건 예쁘다고 하는 스타일은 아니었다. 그런 엄마의 평가는 내 외모를 마음에 들어 한데에 지대한 영향을 끼쳤다. 아빠는 한술더 뜨셨다. 누가 나보고 모 여배우를 닮았다 하면 딸내미가 훨씬 예쁘다며 진심으로 불쾌해하기까지 했으니 말이다.

사회에서 통용되는 미의 기준과 타인들의 비교, 평가에 노출된 후에도 외모에 대해서 별다른 열등감이나 집착 없이 편안한 마음을 갖게 된 것은 엄마, 아빠의 영향이 아니었을까 생각해본다. 세상의 기준과 같지 않아도, 남들이 뭐라 해도 자기 자신을 사랑하는 마음은 부모의 태도에 따라 가질 수 있다고 생각한다.

엄마가 정말 근거없이 긍정하던 나의 신체 부위가 있었는데 그것은 바로 내 가슴이다. 내 가슴은 정말… 작다. 덩치에 비해서도 작고, 살이 쪄도 작고, 그냥 작다. 애 셋을 낳고 나서는 등만 두 배로 넓어져서 더 작아진 듯하다.

엄마는 늘 내 작은 가슴을 부러워했다.

"어머, 너무너무 좋아! 작아서 딱 좋아!"

내 납작한 가슴이 예쁘다고 생각하며 10대를 보냈다. 20대가 되어서 가슴을 더 커 보이게 하는 브래지어가 유행을 했고, 모두가 큰 가슴을 선망하기도 했지만 나는 여전히 내 가슴이 좋았다. 아스팔트 껍딱지라고 놀림을 수없이 받아도 가슴은 내 콤플렉스가 되지 않았다. 누구 좋으라고 커야 하는 거지? 그런 점에서 작은 가슴은 남들 시선과 상관없이 내가 사랑하는 내 부분 중 하나이다.

내 찌찌가 더욱 자랑스러웠던 시기가 있었다. 작은 고추가 맵다는 말, 이런 데 갖다 붙여도 되려나? 첫 아이를 낳고 내 작은 찌찌에서는 젖이 잘 나왔다.

작은 찌찌라도 유두는 컸다. 배보다 배꼽이 크다는 말은 또 여기다 갖다 붙여도 되려나? 크고 튀어나온 내 유두는 아가가 빨기 좋았다. 한 생명을 키우는 중요한 일에 큰 몫을 한 것이다.

모유 수유는 당연하거나 쉬운 일은 아니었지만 나는 운 좋게도 수월했다. 물론 첫째가 체중이 작아서 물젖이니 뭐니 하는 주변 소리에 마음고생을 하기도 했지만 돌아보니 후회보다는 뿌듯함으로 남는다. 이때를 나의 찌찌 전성기라 칭하고 싶은 것은 내 작은 가슴이 보석 같은 아이를 셋이나 키워냈기 때문이다. 아! 수유 후 가슴 모양이 망가질까 많이들 걱정하는데 원래 쳐질 것이 없는 부피의 가슴에겐 여파가 덜 했지롱. 여러모로 내 작은 찌찌 만만세다.

가슴은 나에게 '해방'의 이슈와도 연결되어 있다. 브래지어는 나에게 늘 불편하기만 한 존재였다. 애초에 받칠 게 없단 말이다. 부풀려진 뽕브라를 하고 다니던 20대 시절을 제외하고는 브래지어를 해야 하는 이유를 알 수가 없었다. 누구를 위해 가리고 조이고 받치고 다녀야 하지? 더군다나 피부가 예민하여 브래지어를 하면 늘 조이는 부위가 간지럽고 소화도 잘 되지 않는 느낌이었다. 외출할 때 빼고는 무조건 집에 오면 브래지어를 벗어 던지고 지냈다. 임신을 하니 피부는 더 예민해지고 소화가 잘 안 되어 브래지어 대신 브라탑으로 내 몸에 편안한 자유를 주었다. 이제는 브라탑도 안 하고 다니는 날이 더 많다.

첫째가 8살 때 함께 샤워를 하다가 나에게 물었다.

"엄마 나는 언제 브래지어를 하는거야?"

'대답 잘해야 돼… 나랑 다른 시대를 살아갈 아이야.'

"브래지어는 해도 되고 안 해도 되는 거야."

우리 딸들이 다양한 선택지를 두고 자유로운 선택을 하길 바란다. 가슴이 크든 작든, 브래지어를 하든 말든, 사회적인 시선이 아닌 본인의 기준으로 선택할 수 있는 여성으로 자라길 소망한다. 이 애미가 도움이 될까 싶어 오늘도 'A컵에 노브라' 가슴을 더 당당하게 쫙 펴고 걸어본다.

당당하고 자유롭게

오징어얼굴이
어때서

딸 셋 육아

"궁금하긴 하다, 세 번째는 어떤 앤지."

'우리에게 이런 예쁜 보물이 두 개나 있다'고 행복에 심취해 두 아이를 바라보던 순간! 가끔 셋째를 상상해 보곤 했다. '낳을까'라는 말은 절대 입에 올리지 않았지만 '셋째'라는 말을 감히 입에 올리곤 했던 것이다. 남편의 말은 씨가 되었다. 그리고 그 씨는 진짜 인간 아기가 되었다.

아, 응애에요

야밤에 우는 애를 안고 짐승처럼 울던 시절을 까먹고 좀 살만해졌던 애미는 혼후순결의 약조를 깬 어느 날 셋째를 임신하였고 이렇게 아이 셋 엄마가 되었다.

셋째를 가진 이유 그리고 찰나의 망설임도 없이

낳으려고 했던 이유는 무엇이었을까? 비혼, 저출산 시대에 역행하는 결정은 무슨 힘으로 가능했던 것일까? 한마디로 왜 셋이나…?

"몸은 좋았던 일을 반드시 다시 한대."

셋째 임신 소식을 들은 동생이 말했다. '네가 그럴 줄 알았어'와도 비슷한 말이다. 몸이 좋았던 일! 그 말을 듣자 아이들이 내 몸 안에서 나와 하나였던 시간, 내 몸에서 나와 연결된 탯줄을 자르던 순간 그리고 두 몸이 되었지만 서로 종일 비비며 보낸 시절이 순식간에 내 몸 구석구석에서 되살아나며 온몸에 따뜻한 피가 빙그르르 도는 듯했다. 나는 육아를 좋아한다.

아이를 임신하고 출산하고 신생아를 키우는 시간은 내가 자연의 일부임을 실감하는 시간이었다. 내 뱃속에서 한 생명을 품고 세상으로 내놓고, 또 젖을 물려 키우는 3년 정도의 시절을 떠올리면 그때의 내

가 참 예뻤던 것 같다. 잠을 못 자 얼굴이 푸석하고 임신과 출산으로 부기가 빠지지 않은 몸이었지만 자연을 보면 형언할 수 없는 아름다움을 느끼는 것처럼 그때의 내가 아름답게 기억된다.

아이와 나누는 사랑은 감히 사랑의 완성이라 부르고 싶다. 무조건 주기만 해도 자존심 상할 일 없는 연애 같기도 하다. 입냄새가 향기롭고 똥까지 예쁜 사람! '무조건적인 사랑'은 엄마가 아이에게 줄 수 있는 것이 아니라고 한다. 그것은 아이가 엄마에게 주는 사랑이다. 나를 조건없이 믿고, 전부를 나에게 건 존재. 아이에게 받는 사랑의 맛이란 한번 맛본 이상 맛보기 전으로는 돌아갈 수 없는 거라서(물론 아이가 없어도 다른 장르의 행복을 누리며 살았겠지만) 아이를 낳기 전으로 돌아가고 싶은 마음은 전혀 없다. 뽀로로와 친구들처럼 아이와 함께 뛰어노는 시간은 어린 시절이라는 놀이기구에 무임승차해 실컷 웃고 소리 지르며 노는 최고의 즐거움이기도 하다.

앞서 나열한 육아의 기쁨 말고도 내가 진짜 좋아한 것은 모순적이게도 육아에서 가장 못해먹겠다 싶은 부분이었다. 화산처럼 뜨겁게 폭발하는 분노, 찢어지고 너덜너덜해지는 아픔과 슬픔, 수시로 밀려오는 먼지처럼 사라져 버리고 싶은 자괴감까지. 아이를 키우면서 마주하는 수많은 감정과 낯선 나의 모습에 당황하면서도 어느 순간 그것들을 반겼다.

아이가 소위 말해 진상을 부릴 때, '너 왜 이러니'가 아니라 '나는 너의 이런 모습이 왜 불편할까', '내가 원하는 것은 무엇일까', '나의 내면아이가 원하는 것은 무엇일까'로 바라보기 시작하자 육아는 수행과 성장이라 부를 수 있는 과정으로 변했다. 첫 아이를 키울 때, 둘을 키울 때, 그리고 막둥이 육아까지. 그 때마다 내가 마주하는 감정은 예측할 수 없이 다양했고 점점 더 깊어졌다. 난 아이를 셋이나 키울 그릇은 아니지만 아이 셋이 나를 키워주고 있다는 것만은 확실했다. 그리고 기꺼이 세 스승님의 가르침을 놓치지 않으려 노력하는 자세로 육아에 임하고 있다. 정말 엉망인 나를 계속 만나고 또 만나고 처참해지면서까지도 버틴다. '존버정신'은 엄마 역할에는 무조건 필수템이다. '그럼에도 불구하고 해내는 나'를 보는 게 뿌듯했다. 진정 강해지고 있구나.

나는 외면하고 있던 나의 일부와 간절히 만나고

싶었던 것 같다. 아이들이 내 전부를 사랑해주듯, 나는 나의 모든 것을 수용해야 했다. 내 영혼이 그것을 원한다는 것을 늘 어렴풋이 느끼고 있었는지도 모른다. 내 몸이 내 영혼의 소원을 이루어준 것이다. 아이와 나는 서로 상처를 주고받고, 침범하며 쑥쑥 자라고 있었다. 아이를 키우는 시간은 나를 더 깊게 이해하고 성장하는 시간이 되었다. 어느덧 나는 어떤 감정들도, 심지어 약간은 고통스러운 감정마저도 즐기게 되었다.

셋째를 임신 중이던 2019년도의 어느 저녁이었다. 만화를 그리고 있는데 첫째가 다가와 다정하게 내 배를 쓰다듬으며 말했다.

"또나(셋째 태명)야, 우리 엄마 자랑스럽지?"

태어나 처음 받아보는 눈빛과 손길이었다. 육아가 나를 잃는 시간이라 여겨지던, 아니 실제로 잠시 나를 지워야만 했던 시간도 있었다. 그러나 나를 잃어보았기에 더 간절하게 나를 찾기도 했다. 아이들을 키우며 겪은 모든 것들이 나에게 영감이 되어 글과 그림이 되었다. 아이들 덕분에 내가 진짜 좋아하는 일을 고민하다 만화를 그리기 시작했고, 하고 싶

은 일이 아이들보다 더 많은 하고재비 엄마로 살고
있다.

　　오늘도 나는 아이 셋과 지지고 볶으며 함께 쑥
쑥 자라고 있다. 키우는 맛, 크는 맛. 육아는 내 인생
찐 맛집이다

아이로 인해 마주하는
온갖 감정들이 소중해♡

훌라

　수많은 눈들이 나를 바라보고 있다. 나는 음악에 맞춰 자유롭게 몸을 흔들고 있다. 내 춤이, 뭐랄까, 한 마디로 끝내준다. 큰 박수가 쏟아진다. 신나게 춤추고 무대에서 내려온 나는 다시 수줍은 미소를 짓는다. 엉덩이 같은 거 생전 흔들 줄 모르는 부끄럼쟁이처럼. 이마에 땀이 송골송골 맺혀있고 쿵쿵 뛰는 심장과 가쁜 숨소리가 아직 채 다 진정되지 않았다. 주위는 온통 반짝반짝 빛나는 무언가로 가득하다.

　'아… 또 꿈이다.'

　어린시절, 저녁상을 치우고 모두의 마음이 한결 여유로운 시간이 되면 베란다 창문을 거울삼아 엄마

와 동생 앞에서 코믹 춤을 추곤 했다. 동생은 깔깔 넘어가고 엄마는 웃음을 참아 보지만 김혜자 닮은 콧구멍이 벌렁벌렁거렸다. 내 안에는 늘 흥과 춤이 가득했다. 하지만 키가 크면서 부끄러움과 자기검열도 함께 쑥쑥 자라 어른이 된 후로는 혼자 있을 때나 만취했을 때, 몸을 살짝 흔드는 정도였다. 20대 후반에 딱 한 번 살사 동호회에 가입하여 춤에 빠졌던 시절, 태어나서 단 한 번도 혼자 있을 때조차 춤을 춰보지 않았다는 남자를 만났고 이 남자를 춤추게 만들겠다는 꿈을 품고 결혼을 했다. 아기를 셋 낳고 책임감으로 가득 채워진 날들을 보내며 그를 춤추게 하기는 커녕 내 안의 흥과 춤도 잊은 채 살았다. 마른오징어를 다시 뜯기 시작한 날, 기억을 되찾았지만 말이다.

요즘 뭐하고 다니냐고 물으면 춤추러 다닌다고 바로 답한다. 요즘 뭐가 제일 재미있냐고 묻는다면 주저 없이 "훌라(하와이의 전통춤)에 미쳐있다" 답할 것이다. 이 글을 쓰는 동안 좋아하는 것의 순서를 매기기가 어려워 무엇부터 꺼내 이야기해야 할지 우왕좌왕했지만 훌라만은 마지막에 '짠'하고 이야기해야지 하며 꼬옥 간직해 두었다. 원고 마감이 코앞에 다가와 글을 쓰는 중에도 틈만 나면 훌라를 추고 싶어 엉덩이가 들썩들썩했다.

'사람들을 춤추게 만드는 사람, 내 안의 바다를 꺼내는 춤.' 훌라당(the house of hula) 하야티의 인스타그램 소개 문구 두 줄을 읽고 운명을 만난 것 같았다. 춤을 춘다면 훌라를 추어야겠다고, 훌라를 춘다면 그녀와 추고 싶었다. 그녀는 훌라가 각자의 바다를 꺼내는 춤이라 소개하며 훌라를 추는 동안만큼은 다른 사람과 나를 비교하지 말고 나의 속도를 존중하면서 나만의 아름다움을 발견하는 연습을 같이 해보자고 했다. 그녀의 한마디에 오래 묵은 서러움이 울컥울컥 목구멍으로 올라오는 것 같았다. 이제부터 나는 꿈에서 춘 것처럼 끝내주게 아름다운 춤을 출 거야.

춤을 추지 않은 세월동안 풀어야 하는 것은 굳어 있는 몸만이 아니었다. '춤을 추려면 부끄러워하면 안 되지', '누군가 앞에서 흔들려면 몸매가 예뻐야지', '몸치는 가만있어', '잘 춰야지, 안무를 틀리면 안 돼', '엉덩이를 흔드는 건 좀 민망하지 않니?', '사람들 앞에서 춤을 춘다고? 나이 들어서 나대지 말자', '할

일이 얼마나 많은데 지금 네가 춤추고 다닐 때니' 등
등. 나를 꼼짝 못하게 하는 누군가의 말들이 덕지덕
지 내 몸에 붙어 있었다. 훌훌 벗어 던지고 싶었다.

훌라 수업 첫날, 푸석하고 피곤해 보이는 살찐
나를 거울로 응시해야 했다. 반쯤 눈을 감고 '자체 흐
린 눈'을 한 채 춤추는 나를 바라보았다. 절대 고개를
돌리지는 않았다. 거울 속의 나를 이렇게 오랜 시간
보고 있는 게 얼마 만인지… 아프면서도 기뻤다.

"미소, 미소, 왕미소~"

"아우 아름답다~"

스승 하야티의 맑고 허스키한 추임새를 들으며
춤을 출 때마다 마법이 일어난 듯 내가 예뻐 보이기
시작했다. 훌라 앞에선 나를 막았던 모든 말들이 헛
소리였다. 나의 바다는 이런 모양이구나. 아이엠 프
리티 아니, 아이필 프리티. 거울 속의 그냥 아줌마는
어느덧 아름다운 훌라 댄서가 되어가고 있었다.

훌라를 출 때 몸은 파도가 흐르듯 부드럽게 흐르지만 복부와 허벅지에는 힘이 들어가 땅과 단단히 연결된 안정감이 느껴진다. 햇살, 바람, 파도, 꽃과 같은 자연과 사랑을 의미하는 손동작과 현대 훌라의 필수인 얼굴에 가득한 미소는 곧바로 순도 100%의 행복으로 나를 안내한다.

스텝을 한발씩 디디며 엉덩이를 좌우로 흔들 때마다 아주 조금 더 자유로워지고 아주 조금 더 용기가 생긴다. 더 빨리 '훌라당' 벗어재끼고, 더 화끈하게 용기 내라고 재촉하지는 않기로 한다. 아주 천천히. 살랑살랑 나의 바람이 부는 속도와 방향을 따라간다. 나에게 훌라는 나의 느낌대로 몸을 움직이는 것, 나를 의심하지 않고 팔을 뻗어 내는 것이다. 나의 느낌을 믿고 온몸 구석구석을 움직이며 전체에 피를 돌게 하는 것이다. 살아있다는 감각이다. 자유, 평화, 해방, 기쁨, 생명, 영혼, 자기 긍정, 그리고 사랑, 이 모든 것들을 예쁜 꽃목걸이로 엮어 목에 걸고 추는 춤이다.

훌라를 시작하고 10개월 차, 기다리던 〈훌라당 댄스 페스티벌〉이 열렸다. 천 명 가까이 되는 사람들이 모여 훌라와 여러 나라의 춤 공연을 보고, 또 함께 춤을 추기도 하는 행사이다. 페스티벌 무대에서 출 곡을 연습하느라 우리 반 당원들과 일주일에 몇 번씩 모여 연습했다. '멍석포비아'가 있는 내가 긴장하여 공연을 망칠까 연습을 무조건 많이 해야겠다고 생각했는데 실은 그 핑계로 한 번이라도 더 춤을 추고 싶었던 게 내 본심에 가까웠다. 어느 때보다 춤으로 가득한 일상이었고 미소와 기쁨이 넘치는 날들이었다.

공연 날 아침, 직접 만든 종이 꽃다발을 들고 온 동생을 보자마자 느닷없이 눈물이 터졌다. 그러고는 정신나간 소리를 하기 시작했다.

"있잖아…내가 있잖아, 댄서였어. 이미, 진짜 댄서였어. 하야티 같은 댄서… 흐어어어엉… 사람들과 춤추면서 사랑을 나눠주고 있는 댄서…"

전날 밤, 스승 하야티가 인스타그램에 올린 동영상 편지(모두의 존재에서 하야티 자신과의 연결을 느낀다는)를 보고 내 안의 댄서 자아의 존재를 느낀 것이다.

초여름 정오의 태양은 타는 듯 뜨거웠고, 내 얼

굴엔 땀과 눈물이 뒤섞여 공들여 한 화장이 지워지고 있었다. 영화 〈에브리씽 에브리웨어 올 앳 원스〉의 내용처럼 나는 다른 우주에서 댄서로 살고 있는 나와 접속한 이야기를 동생에게 하기 시작했다. 내가 여러 번 꾸었던 꿈의 정체는 꿈이 아니라 다른 우주에 살고 있는 내가 아니였을까. 동생은 깔깔대며 엉엉 우는 내 모습을 열심히 사진으로 찍어 댔다. 아쉽게도 공연 무대에 올랐을 때는 우주의 댄서 자아와 접속이 끊겼지만…. 그날의 경험은 실로 엄청난 것이었다.

아이들이 학교와 유치원으로 떠난 고요한 오전, 거실에서 훌라를 춘다. 머리에 꽃을 단 순간, 거실은 하와이가 된다. 단정하게 접히기를 기다리는 5인 가족의 수북한 빨래 더미를 뒤로 하고 수업 때 배운 곡을 연습하기도 하고, 음악에 맞춰 마음과 몸이 가는 대로 막춤을 춰보기도 한다. 훌라를 추며 거울 속 나와 마주칠 때마다 미소를 지어본다. 늘고 있다. 훌라

실력은 모르겠고, 나와 마주 보고 환하게 미소 짓는 실력이. 거울에 반사된 내 미소에서 빛이 은은하게 번져나온다.

내가 사랑하는 엄마와 동생을 웃게 했던 어느 저녁처럼 지금 이 순간의 행복이 누군가를 웃게 했으면 하는 소망을 품고 더 환하게 미소 지으며 춤을 이어나간다. 그러다 거울 속 나와 또 눈이 마주친다. 못난 나를 보기 싫어 반쯤 감았던 눈을 이번엔 눈이 부셔서 반쯤 감는다.

아! 나 정말 예쁘다.

언젠가 해가 지는 바닷가에서
홀라당 벗고 너와 훌라를 추고 싶어.

바다가 나를 부르네

알로하 ♬

좋아하는 마음

좋아하는 마음을 좋아한다. 좋아하는 것엔 옳고 그름도 없고 잘나고 못나고도 없다. 그래서 좋아하는 마음을 참 좋아한다.

마흔을 앞두고 다시 처음부터 시작하는 마음으로 나의 감각을 더듬어 내가 좋아하는 것들을 찾아 나섰다. 오래전부터 좋아했던 것들이 다시 떠오르기도 했고, 생각지 못한 것을 새로 좋아하게 되기도 했다. 어떤 것은 '좋아해'하는데 오랜 시간과 용기가 필요했다. '좋아해'하는 일은 쉬워 보였지만 어려웠다. 좋아해도 좋아한다 말 못 한 이유들이 있었고, 싫어해도 좋아하는 척해야 하는 이유들이 있기 마련이니까.

사는 내내 나를 평범한 사람이라 생각했고, 내가 좋아하는 것 또한 그리 특별하지 않다고 여겼다. 네가 좋아하면 나도 좋다고 끄덕이는 내가 못난 줄 알았는데 내 것을 찾으려 뜨겁게 울고, 미친 듯이 웃어보니 나는 '네가 좋아하는 것에서 좋은 점을 발견해 같이 좋아할 수 있는 사람'이라는 것을 알았다. 나는 무언가를 좋아하는 게 특기인 사람이었던 것이다. 덕력이 높진 않아도 얕고 넓고 은은하게 좋아할 수 있는 사람이 바로 나야 나. 미소가 빙그레 지어진다. 좋아하는 것에 대해 쓰고 나니 신기하게도 내가 조금 더 좋아진다.

오늘밤도 '오징어마요'를 먹으며 '좋아해' 감각세포에 영양을 공급한다. 앞으로도 부지런히 많은 것을 좋아하며 '좋아해!'라고 외치고 싶다.

이제 당신이 좋아하는 열 가지를 이야기해주세요

하나, _____ ♡ ♡

둘, _____ ♡♡♡

셋, _____ ♡

넷, _____ ♡♡

다섯, _____ ♡♡♡

여섯, _____ ♡♡

일곱, _____ ♡♡

여덟, _____ ♡♡♡

아홉, _____ ♡

열, _____ ♡♡

와 많다!
좋다!

좋아하는 것을 이야기하고 있는
당신을 표정을 볼 수 있으면 좋겠어요.

추신

마음이 무겁고 예민해져 있던 저녁 시간이었어요. 원고 마감이 코앞이고, 집안일도 잔뜩 밀려있고, 컨디션도 그다지 좋지 않았지요. 당시 세 살이던 막내에게 글 쓰는 걸 방해받지 않으려고 카페로 나가 작업할까 하다가 왔다 갔다 하는 시간도 아까워 아이들 방에 들어가서 할 일을 시작했어요. 아이들을 남편에게 잠시 부탁하고요.

역시나 엄마를 찾아 방문을 두드리고 자꾸 들어오려는 세 살. 열심히 말리는 남편. 소란한 바깥소리에 제 속은 점점 부글부글 끓기 시작했어요.

남편: 엄마한테 가지마~~~!!!

세 살: 갈거야!!!!!!!!!!!!!!

남편: 엄마 지금 바빠~~가지말라고!!!!!

세 살: 갈 거야, 갈 거라고!

한참을 실랑이하다 막내가 울먹이며 하는 말,

나 엄마 됴아해 !!!

　"좋아해!"

　이 한마디에 스르르 녹아 하던 일을 중단하고 방문을 열어 막내를 제 무릎에 앉혔어요. 좋아하는 엄마를 참지 말라고.

　나는 좋아하는 네 뒤통수 냄새를 참지 않 ㅂㅇ:'

ㅈ[

;ㅌㅇ

;[;S;wsd;;we;ew;a

참지 않으려고.

무릎에 앉혀놓고 기꺼이 방해를 받으며

실컷 냄새르

ㄹ

ㅁㄴ

""ㅁㄴㄴㄴㄴㄴㄴㄴㄴㄴㄴ;;

:S

냄새를 맡았어요.

.
ㅇ'
ㅋ;ㅇ
'ㄴ'ㅇㅋㅍㄹ;ㄴㅇ
:ㄹㄹㄹㄹㄹㄹㄹㄹㄹㄹㄹㄹㄹㄹㄹㄹㄹㄹㄹㄹㄹㄹㄹ
(내 무릎 위에서 막내가 키보드로 친 흔적들)


좋아해?!

/ㄴ
ㄴ
ㅁㄴ
ㄴㅁ
ㄴ1

#$%%B^*MGYIKHJK87

좋아해!???

그럼 참지 마.

좋아하는 마음을 참지 말아요,
미루지 말아요, 우리.

응원과 영감: 서하, 서원, 서진 스승님
마른오징어, 마요네즈, 맥주 공급: 내 영감 최지호

함께 글 쓴 하고재비 언니들, 마무리에 큰 도움 주신
우디앤마마, 도움 주신 모든 분들,
정말 정말 고마워요. 사랑해요.
서로에게 기댈 수 있었기에 이 작고 소중한 책을 만
들 수 있었습니다.

나는 ㅇㅇㅇ을 좋아해

발행일	2024년 9월 30 일
글, 그림	ㅇㅇㅇ
제작도움	우디앤마마

발행처 인디펍
발행인 민승원
출판등록 2019년 01월 28일 제2019-8호
전자우편 cs@indiepub.kr
대표전화 070-8848-8004
팩스 0303-3444-7982

정가 11,000원
ISBN 979-11-6756611-9 (02810)